LE RÊVE

D'UN IRRÉCONCILIABLE

LE RÊVE

D'UN IRRÉCONCILIABLE

PAR

PASCHAL GROUSSET

DEUXIÈME ÉDITION

PARIS

DÉPOT CENTRAL, CHEZ MADRE

RUE DU CROISSANT

1869

LE RÊVE

D'UN IRRÉCONCILIABLE

L'autre soir, en lisant la fameuse Consti-
tution nouvellement recrépie, afin de me
bien pénétrer de ses dispositions tutélaires,
je m'endormis et j'eus un rêve, — exacte-
ment comme si j'avais été couché dans un
poëme épique, au lieu d'être couché dans
mon lit.

***

C'était encore un journal que je tenais dans mon somme. Mais au premier coup d'œil je vis bien qu'il n'était pas fait comme les feuilles de tolérance d'aujourd'hui.

Ce n'étaient que noms de roture.

On n'y voyait seulement pas figurer un pauvre duc de la Rigolade, pas un comte de Cacao, pas même un simple baron de Mazas.

La barbe en éventail de M. de Niewerkerke n'en balayait pas les colonnes.

On n'y était pas poudré à blanc par les démolitions de M. Haussmann, éclaboussé par les carrosses de M. Fleury, ébloui par la gloire de M. Certain-Canrobert, humilié par les armoiries de M. Fialin de Persigny.

Je ne pus y découvrir la moindre mention d'un bal de cour, d'un procès de presse, ni d'une arrestation illégale.

Chose étrange et bien digne de remarque : il n'y était question ni des rhumatismes du chef de l'État, ni des voyages de sa femme, ni des solécismes de son petit.

Du reste, ce journal singulier n'était maculé d'aucune espèce de timbre, et je vis qu'il portait à ses angles cette mention : *Un numéro 5 centimes.*

N'ayant point l'intention de m'en approprier le titre, je ne fais aucune difficulté de dire qu'il s'appelait

LA RÉVOLUTION

***

Je me mis à le lire avec l'avidité d'un revenant du Mexique ou d'un journaliste verrouillé pendant soixante-sept jours en prison cellulaire, pour un complot qui n'existe pas.

Il y avait véritablement des choses bizarres.

Je prends dans le tas.

DÉPÊCHES TÉLÉGRAPHIQUES

(Rien de l'Agence Havas.)

—

New-York.

Le Congrès a voté la suppression de la présidence de la République.

—

Vienne.

L'assemblée nationale a décrété la vente des biens nationaux d'origine ecclésiastique au profit des hôpitaux.

1.

Berlin.

Un rapport du citoyen Virchow, ministre de l'instruction, constaté qu'il y a seulement un illettré pour cent habitants dans toute l'étendue de la République teutonique.

Rome.

Le banquet anniversaire de la fuite du pape et de la proclamation de l'unité italienne a eu lieu dans la ci-devant église Saint-Pierre. Le citoyen Mazzini a porté un toast : *A la fédération de tous les peuples !* Le citoyen Garibaldi a bu : *A ceux qui sont morts pour la liberté de l'Italie !*

On assure que le ci-devant roi a succombé dans son chalet du Lac Majeur, à un accès de goutte.

Londres.

La Chambre haute a rejeté le bill de Réforme générale. L'insurrection est imminente.

—

Rio-Janeiro.

Le traité de commerce conclu entre la République mexicaine et les Etats-Unis de l'Amérique du Sud vient d'être signé.

—

Madrid.

Le citoyen Herreiras, traduit devant la Junte républicaine et convaincu d'avoir inventé une mitrailleuse, a été mis au ban de l'humanité.

ACTES OFFICIELS

—

Les affiches suivantes ont été placardées ce matin dans Paris :

MINISTÈRE EXÉCUTIF

(Liberté. Egalité. Fraternité.)

SECTION DE L'INDUSTRIE

Les membres du comité et le ministre de l'industrie préviennent leurs concitoyens que le travail de répartition des *cinq cents millions de francs* annuellement consacrés à la commandite des associations ouvrières est maintenant à jour. Il sera publié incessamment et ouvrira à *trente mille* groupes de travailleurs des comptes courants *de vingt à vingt-cinq mille francs.*

Au nom du Comité de l'industrie :

Le ministre,

Tolain, ouvrier ciseleur.

SECTION DE L'INTÉRIEUR

Circulaire aux commissaires nationaux près les conseils de département

Citoyen commissaire, à l'occasion du

renouvellement partiel des conseils départementaux, je dois vous inviter :

1° A rappeler aux citoyens, par voie d'affiche et de proclamations, que c'est de la sagesse de leurs choix que dépendent la conservation, la durée et la prospérité de la République ;

2° A fournir toutes facilités aux réunions électorales, notamment en mettant à leur disposition les locaux nécessaires, dans les édifices nationaux ;

3° A éviter avec soin toute démarche personnelle de nature à entraver ou à paraître entraver le libre choix des citoyens.

Que tous vos actes, en un mot, dérivent de ce principe : la sincérité du vote est l'honnêteté des peuples.

Salut et égalité.

Le ministre de l'intérieur,

CH. QUENTIN.

SECTION DE LA SURETÉ GÉNÉRALE

Les membres du comité et le ministre de la sûreté générale reçoivent tous les jours de nombreux avis concernant les manœuvres de ces agiateurs éhontés qui se coalisent pour opérer sur les fonds publics des mouvements factices.

C'est un mal aussi vieux que le jeu de Bourse, et auquel il ne peut être appliqué d'autre remède que la liberté.

Les membres du comité et le ministre de la sûreté générale engagent les citoyens qui gémissent de ces abus à les dénoncer à la presse, à les expliquer publiquement, à nommer les coupables : le mépris public en aura bientôt fait justice.

Le ministre de la sûreté générale,

BLANQUI.

SECTION DE LA JUSTICE

Au nom du peuple souverain :

En exécution du vote communal du jour d'avant-hier, pour la composition des 2ᵉ et 4ᵉ chambres civiles au tribunal de la commune de Paris ;

Attendu qu'il ne s'est produit, dans les vingt-quatre heures qui ont suivi le vote, aucune protestation légale contre la régularité des opérations électorales ;

Sont proclamés juges au tribunal de la

commune de Paris, pour un an, les citoyens dont les noms suivent :

Deuxième chambre : Hubbard, Massol, Demante, Coffinhal.

Quatrième chambre : E. Accolas, Lannes, Debay, Rivoire.

Le ministre de la justice,

L. GAMBETTA.

COMMUNE DE PARIS

—

ADMINISTRATION CENTRALE

Les membres du conseil de la commune et le maire de Paris donnent avis à leurs concitoyens qu'il sera procédé, le 15 mai prochain, à une heure de relevée, en la salle Baudin (ci-devant Saint-Jean), à l'Hôtel de Ville, à l'adjudication publique, par soumission cachetée, des travaux du chemin de fer concentrique de Paris.

Les membres du conseil central de la commune :

Tridon, Villeneuve aîné, Rogeard, Jaclard, Verlière, Alf. Naquet, Parent, Gustave Flourens, J. - A. Lafont, Georges Avenel : F. Piat, adjoint, Leverdays, adjoint.

Le Maire : F.-V. RASPAIL.

NOUVELLES POLITIQUES

—

Le citoyen Jules Ferry, ministre des relations extérieures, a reçu hier la visite de congé du citoyen Mauro-Macchi, ministre plénipotentiaire de la République italienne.

Le citoyen Jules Simon, ministre de l'instruction publique, vient d'adresser au comité des finances la demande d'un crédit extraordinaire destiné à mettre toutes les

Bibliothèques nationales en état de rester ouvertes jour et nuit, et en tout temps. Les frais sont relativement médiocres pour l'excellence des résultats : Il s'agit seulement de tripler le nombre des employés et d'exécuter les travaux nécessaires pour l'éclairage électrique des salles et des collections.

Le citoyen Henri Rochefort, ministre des Beaux-Arts, a visité hier les travaux d'appropriation du musée des Tuileries, où doivent être centralisés les objets d'art dispersés dans les châteaux nationaux ou relégués dans les greniers du Louvre.

L'élection mensuelle du bureau de l'Assemblée nationale a donné les résultats suivants :

Président : le citoyen Victor Hugo ;

Secrétaires : les citoyens Clémenceau, Jules Claretie, Edouard Lockroy, E. Leyrault.

On prête au citoyen Etienne Arago, directeur général des postes, l'intention de présenter à l'Assemblée nationale un projet de loi tendant à la gratuité du transport des journaux politiques. Les habitants des campagnes les plus reculées pourraient ainsi, pour 5 centimes par jour, avoir leur journal. Cette loi est évidemment le corollaire nécessaire de la loi sur l'instruction gratuite et obligatoire.

LE BUDGET

La discussion du budget va s'ouvrir dans trois jours à l'Assemblée nationale.

Selon le vœu de la loi, le comité des finances a annexé aux cahiers détaillés des recettes et des dépenses un résumé rapide et net qui donne, en quinze ou vingt chiffres, la clef de l'ensemble, et permet à tous de lire dans le livre de l'État comme on lit dans son propre carnet.

Voici ce résumé :

DÉPENSES PRÉVUES

Intérêts de la dette publique	450	millions.
Assemblée nationale	6	»
Instruction publique	200	»
Industrie	512	»
Travaux publics	160	»
Commerce et agriculture	20	»
Beaux-arts	16	»
Justice	10	»
Relations extérieures	6	»
Sûreté générale	6	»
Finances	14	»
Armée de terre (armes spéciales et mobile)	100	»
Marine	56	»
Amortissement	100	»
Extraordinaire	100	»
Total des dépenses	1.806	millions.

RECETTES PRÉVUES

Impôt unique et progressif sur les revenus de toute nature, à raison de 1/4 pour cent, 20 pour mille, 200 pour cinq mille, 800 pour dix mille et 25,000 pour cent mille

cent mille................	1.578	millions.
Produits des domaines (forêts comprises).........	36	»
Produits coloniaux........	18	»
Produits universitaires...	3	»
Retenues.................	18	»
Produits divers...........	60	»
Ressources spéciales.....	291	»
Part de l'Etat dans le produit de la commandite annuelle de 500 millions aux associations de travailleurs, 1 pour cent..	5	»
Total des recettes.....	1.909	millions.
Rappel des dépenses...	1.806	
Excédant des recettes..	103	millions.

***

Certes, on ne peut se défendre d'une légitime satisfaction quand on compare un pareil budget à ceux que la France a si longtemps payés : quand on voit les vingt-quatre pauvres millions de l'instruction publique presque décuplés, les travaux publics doublés, les beaux-arts deux fois plus riches, un demi-milliard annuellement consacré à la commandite des associations de travailleurs, et, au total, les charges publiques réduites de 400 millions, le gouffre du déficit fermé ; quand on songe surtout que, pour atteindre de tels résultats, il a suffi de supprimer le budget des cultes, d'anéantir les dotations et les traitements scandaleux, de réduire au sixième les dépenses militaires et d'écraser cette hydre, la Contribution indirecte, dont la perception seule absorbait 234 millions, pour la remplacer par un impôt unique, réparti suivant la justice...

Toutefois, disons-le, ce n'est là que le nettoyage des écuries d'Augias, et ce budget, si éloigné qu'il soit des budgets sauvages d'autrefois, ne saurait pleinement satisfaire le cœur d'un patriote.

Ne porte-t-il pas encore ce stigmate de barbarie : *Guerre et marine, 156 millions?*

Si c'était nécessaire ! Mais quoi ! la France libre et maîtresse d'elle-même, la France forte de ses six millions de soldats-travailleurs, prêts à se lever tous à la fois si son indépendance était menacée, la France entourée de peuples libres comme elle, a-t-elle une guerre à craindre ou seulement à prévoir ?

Il est temps d'enterrer ces préjugés d'un autre âge. Ce ne sont pas les peuples, ce sont les rois qui se font la guerre. Il ne suffit pas d'avoir réduit cette honteuse et improductive dépense de la destruction : il faut l'abolir à jamais.

C'est à nous qu'il appartient de donner l'exemple. C'est à nous, qui avons usé cinq générations à la conquête de la liberté, à nous qui eûmes le sanglant honneur d'être de la Révolution, les inventeurs et les apôtres, de crier aux peuples : « Frères, c'est ici que finit l'âge de fer, et que l'âge d'or commence ! »

Nous croyons savoir qu'un groupe important de représentants du peuple compte réclamer la suppression radicale du budget des armées et de la marine.

CHRONIQUE DU JOUR

—

Nous empruntons à l'*Ami du Peuple* une classification assez intéressante des divers groupes politiques de l'Assemblée nationale :

Pas n'est besoin de rappeler, dit ce journal, que tous les membres de l'Assemblée se proclament républicains ; mais, sans nous arrêter au masque, nous avons classé chacun d'après son passé et d'après ses votes, et le soin que nous avons apporté à ce travail nous autorise à le croire exact.

2.

Parlons d'abord de la Montagne. On peut la diviser en trois fractions principales.

La première, que nous appellerons *la Crète*, et qui est à la fois *athée, démocrate et socialiste*, se compose des citoyens :

L. Asseline, Georges Avenel.

Blanqui, Broca.

Clémenceau, Coudereau, Louis Combes, Germain Casse, J. Claretie, Cléray.

P. Denis, Dubois, Desonnaz.

Gustave Flourens, H. Fouquier, Gustave Flaubert.

Hubbard.

Jaclard.

E. Levraut, L. Levraut, André Lefèvre, Letourneau, J.-A. Lafont, Robert Luzarches, Ed. Lockroy, Lissagaray, Littré, Leverdays.

Michelet, Mottu.

Alf. Naquet.

Onimus.

Laurent Pichat, Félix Pyat, Georges Pouchet, de Ponnat.

Raoul Rigaud, Regnard, Rogéard, Henri Rochefort, Ranc, Royannez, Ch. Robin.

Sainte-Beuve.

Taule, Tridon.

Louis Watteau, Villeneuve aîné, Villeneuve jeune, Verlière.

La seconde fraction de la Montagne, purement *démocrate et socialiste,* comprend les citoyens :

Alix, Althon-Shée, E. Accolas, Arthur Arnould, Amouroux.

Armand Barbès, Louis Blanc, Briosne, Martin Bernard.

Charassin, Chemalé, Courbet, Cluseret, Castagnary, la citoyenne Champseix.

Ducasse, G. Duchêne, A. Deberle, Dubarry, Deroisin.

Antoine Etex.

A. Fermé.

Gaillard père, B. Gastineau, Gambon, Gaudin, Greppo.

Victor Hugo, Charles Hugo, François Hugo.

Jandeau.

Mandavy, Miot, Massol, Morel, Paul Meurice.

Gustave Naquet.

Parent, Perdiguier, Protot, Peyrouton.

Raspail, Razoua.

Victor Schœlcher, Scheurer-Kestner, Spuller, la citoyenne Sand.

Tolain.

Jules Vallès, Vermorel, A. Vacquerie, E. Véron.

***

La troisième fraction, plus exclusivement politique, comprend les citoyens :

Et. Arago, Em. Arago, Ambert, Allain Targé.

Bancel, Auguste Barbier, Barni, Eug. Baune.

Cournet, Catalan, Caraguel, Charamaule, Commissaire, Chassin.

Delescluze, Duportal, E. Delattre, Taxile Delord, Debain, Delbetz, Dubois-Fresnez, Alph. Duchesne, Desseaux, Pascal Duprat, Marc Dufraisse.

Alph. Esquiros.

Jules Ferry, Feyrnet, Vincent Farinole, Ch. Floquet.

Guépin, Got.

Horn.

Laurier, Leclanché, Ledru-Rollin, Lecesne, Larrieu, G. Lechevalier, Victor Lefranc, Laferrière.

Manau, Madier-Montjau, Mahias.

Peyrat.

Ch. Quentin, E. Quinet.

E. Reyneau, Regnier. Ans. Roselli.

Vient ensuite toute cette vaste région de la gauche démocratique, qui forme, avec la Montagne, la majorité républicaine :

Allou, Assollant.

V. Borie, Bertrand, Bethmont, Brives, Batbie, Berthelot, Ch. Blanc, Bastide, H. Brisson.

Crémieux, Max. Du Camp, Carnot, Camescasse, Chatrian, Chenavard, Challemel-Lacour, Ed. Charton, Colmet-Daage, Coquerel.

Jean Dollfus, Ch. Dollfus, Degousée, Dorian, P. Duplan, H. Didier, E. Despois, Durier, Dufaure, J. Desmarest, Deschanel, Alc. Dusollier, Demangeat, Demolonde.

Erckmann, E. Fayolle, Franck, de Fonvielle, de la Forge, Jules Favre.

Garnier-Pagès, Grévy, V. Guichard, W.

Gagneur, Gratry, Am. Guillemin, Gaulier, Guéroult.

F. Hoefer, Ernest Hamel, Robert Halt, Hérold, Hénon, A. Hébrard, J. Hébrard, Hetzel.

G. Izambert, Isidor.

P. Joigneaux, de Jouvencel, Jourdan.

Patrice Larroque, E. Labrousse, Lasteyrie, Laussedat, Alex. Laya, Alf. Lécuyer, Lambrecht, Lavertujon, Lenoel, Latrade, Leblond, Loyson (dit le P. Hyacinthe), Laboulaye, Jules Levallois, Lanfrey.

Marie, Magnin, Mangin, Mézières, Macé, A. Marchet, Martel, V. Meunier.

Michel Nicolas, Nefftzer.

Ernest Picard, E. Pelletan, Noël Parfait, H. Pessard.

Ordinaire.

Alb. Réville, Michel Renaud, Ch. Rolland, Jules Richard.

Scherer, Sauvestre.

Taine, Ténot.

Taschar, Ul. Trélat.

L. Ulbach.

Vacherot, Vacher, P. Véron, A. Vaula-
belle, Valette.

Yung.

Enjambons ce petit clan isolé « plus ré-
publicain qu'on ne l'eût pensé, » des citoyens :

Clément Duvernois.

La Guéronnière, Guyot-Montpayroux.

E. Ollivier.

Véritables déclassés de la politique;

Et nous voici au niveau de ceux qui se
dénomment eux-mêmes, « MM. les républicains honnêtes et modérés », et que nos

pères de 92, moins euphémistes, auraient simplement estampillés : *les crapauds du marais*.

Il y a là les citoyens :

About, d'Andelarre.

Baudoin, Brame, Buffet, de Barante, Barthélemy Saint-Hilaire.

Choiseul-Praslin.

Dommartin, Daru.

D'Estourmel.

G. Fould.

Giraud, de Grammont, Joseph Garnier, de Gasparin, de Goerg, Gevelot.

D'Hessecques, Houssard.

Javal.

Kolb-Bernard, Kératry, Keller.

Lefebvre-Pontalis, Latour-Dumoulin, Laroche-Joubert, de Lespérut.

Martel, Marion.

Planat, Pouyer-Quertier, de la Pô...

Riondel, Rampon, Maurice Richard.

Steenackers, Léon Say.

Tassin, Tillancourt, de Talhouët.
De Valdrôme, Viellard-Migeon.
D'Yvoire.

Nous tombons en plein guêpier orléaniste.
Voici les citoyens :

De Broglie fils.
André Cochut.
Ferd. Duval, Duvergier de Hauranne fils.
Guizot fils.
D'Haussonville, Hervé.
Lambert-Sainte-Croix.
Odilon-Barrot neveu.
Prévost-Paradol (ou le roi règne et ne gouverne pas).
De Rémusat fils.
Thiers (ou les lois de septembre).
Villetard (ou le Testament de César... Égalité).

***

Que si nous signalons là-bas le groupe tout maigre des cinq bourboniens, MM. les vidames :

De Boissieu,
De Cadoudal,
De Falloux,
De Montalembert,
De Valori.

***

Et tout en haut, à droite, les trois bonapartistes :

De Cassagnac (Paul),
Budaille (Téophore),
Rogat (Albert).

Nous aurons fait le tour de l'assemblée,—
et achevé notre revue.

————————

Depuis la suppression du budget des
cultes, le seul loyer des églises, payé par
ceux qui s'en servent, rapporte aux com-
munes de France une somme annuelle de
18 millions, appliquée, comme on sait, à
l'instruction primaire.

Ces 18 millions, ajoutés aux 49 millions
que l'Etat payait jadis aux cultes, consti-
tuent une économie totale de 67 millions
sur ce seul chef, — près du triple de l'ancien budget de l'instruction publique.

————————

L'affaire du commissaire de police Rodot, assigné devant le jury correctionnel par le citoyen Bizet, ouvrier tanneur, pour abus de pouvoir, sera appelée demain.

Hier soir, au club des *Hommes libres*, le citoyen Jaclard, régulateur de l'assemblée, a signalé les manœuvres auxquelles se livre le nommé François-Philippe d'Orléans, se disant prince de Joinville, pour provoquer le retour de la tyrannie, sous le nom de présidence de la république. Cet individu serait l'auteur d'une brochure intitulée : *De l'unité du pouvoir exécutif*, que des émissaires de la faction d'Orléans distribuent à profusion dans certains quartiers de Paris.

L'orateur a lu quelques passages de cette

brochure. L'assemblée a unanimement ma-
nifesté par ses ricanements et ses sifflets le
cas qu'elle faisait de cette prose princière et
des vaines ambitions qui s'agitent contre la
liberté.

Au club des *Amis de l'Egalité*, le citoyen
Ducasse a dit qu'il était temps de s'occuper
de la réduction des heures de travail. Il a
démontré, ce qui certes était aisé, qu'un ouvrier qui travaille dix heures par jour se
trouve dans l'impossibilité absolue de con-
sacrer un temps suffisant, ni même un
temps quelconque, à la culture intellectuelle
qu'il se doit à lui-même et qu'il doit au pays.

L'orateur a conclu en proposant à l'assemblée un projet d'appel général aux travailleurs de toutes les professions, pour la

rédaction d'une formule générale du « droit au loisir. »

Sa motion a été votée à l'unanimité.

Au club des *Droits de l'Homme*, le citoyen Ravaux s'est plaint avec raison de l'abandon dans lequel on laisse la Nouvelle-Calédonie, qui pourrait devenir la plus riche de nos possessions d'outre-mer. Une pétition à l'Assemblée nationale, rédigée séance tenante, a été couverte de plus de huit cents signatures.

Au club des *Travailleurs-Unis*, le citoyen Briosne a réclamé la gratuité absolue de l'enseignement, à tous les degrés. Il a dit ce qu'on ne saurait trop répéter : c'est que si l'instruction secondaire et l'instruction supérieure restent les apanages de la richesse, l'Egalité n'est qu'un vain mot. Il faut que tout citoyen, si humble et si pauvre qu'ait été son berceau, non-seulement *puisse*, mais *doive* nécessairement arriver à tout par le travail.

« Direz-vous, s'est écrié l'orateur, que la justice et l'égalité nous régissent, quand un petit imbécile, parce qu'il est né au premier étage, traîne inutilement sa paresse, pendant dix années, d'école en école et de collége en faculté, tandis que cet esprit d'élite, parce qu'il descend du sixième, est condamné au pain sec de l'instruction primaire?

» Ah ! privilége ! privilége infâme !... Quand donc cesseras-tu d'écraser l'humanité?... Il faut que toutes les places dans les colléges de l'Etat soient gratuites et attribuées par le concours aux meilleurs élèves des écoles primaires. »

Les sentiments exprimés par le citoyen Briosne s'accordaient trop bien avec ceux de ses auditeurs pour qu'il n'ait pas trouvé dans sa véhémente harangue l'occasion d'un nouveau triomphe.

L'assemblée a résolu de donner à sa revendication le caractère d'un appel à la nation.

Au club de la *Sorbonne*, un étudiant, dont le nom nous a échappé a demandé la suppression des hôpitaux et leur remplacement par les secours à domicile. En même temps qu'elle s'appuie sur des considérations morales élevées, sur le respect de la dignité du citoyen, sur les dangers de la promiscuité pour les femmes et les jeunes filles pauvres, sa théorie était appuyée de sérieux motifs d'hygiène et de salubrité.

Les statistiques de l'Angleterre, où les secours à domicile sont très-développés, démontrent tous les avantages matériels de ce système : la mortalité, toutes choses égales d'ailleurs, est d'un tiers moins élevée dans ce régime que dans celui des hôpitaux, et surtout des hôpitaux démesurés où des centaines de malades viennent s'entasser

En terminant, l'orateur a protesté contre le maintien provisoire de certains ordres religieux dans les hôpitaux : il a pris à témoin un grand nombre d'élèves en médecine, présents à la réunion, pour attester que les infirmières laïques accomplissent leur devoir avec autant de dévouement, plus de douceur et surtout plus d'impartialité que les religieuses : il a signalé le danger permanent qu'il y a à laisser en contact avec des esprits affaiblis par la maladie ces ennémis acharnés de la liberté, de la justice et de la raison. Il s'est surtout élevé avec force contre les inqualifiables pressions morales exercées, au lit de mort, sur des citoyens qui, mourant à l'hôpital, n'ont pas même la consolation d'y mourir en paix.

Au club du *Salut du Peuple*, le citoyen Ribeyrac a demandé que l'Imprimerie nationale de Paris et les imprimeries des départements soient mises à la disposition des candidats à tous les emplois, pour publier leurs professions de foi, et que les droits de poste soient supprimés, quant aux envois de ces mêmes professions de foi.

Le *Club des Républicains* a voté une pétition à l'Assemblée nationale pour demander le rétablissement du *divorce*.

Ce matin ont eu lieu, au milieu d'une immense affluence, les obsèques du citoyen Genty-Lacour, tourneur en cuivre, si connu par son ardente passion pour la liberté et les preuves éclatantes qu'il en a données dans tout le cours de sa vie.

Selon le vœu qu'il avait exprimé en mourant, son cadavre a été livré aux amphithéâtres d'anatomie. « Je ne sais, a-t-il dit à la dernière heure, si ma vie a été de quelque utilité pour l'humanité; mais je veux, du moins, être sûr que ma mort lui servira à quelque chose. »

Le corbillard s'est rendu directement de

la maison mortuaire à la rue de l'Ecole-de-
Médecine.

Au seuil de l'École pratique, le corps a été
reçu par le chef des travaux anatomiques,
entouré de tous les élèves.

Le citoyen Tolain, ministre de l'industrie,
qui avait tenu à honneur d'accompagner,
avec tous les membres du Comité et les dé-
légués de toutes les associations de travailleurs, le corps de ce grand citoyen, a fait en
quelques paroles émues le tableau de la vie
de Genty Lacour.

Il a montré cette âme brisée par le déses-
poir du 2 décembre, ce corps mutilé par les
mitraillades de la Pointe-Saint-Eustache, et
ces tortures morales luttant avec la douleur
physique pour éteindre un reste de vie;
puis la mort rejetant le vaincu, l'abandon-
nant au supplice de la déportation; cette
femme, ces enfants privés de leur unique
soutien et livrés aux horreurs de la faim,
aux tentations de la misère; ces luttes, ces

souffrances physiques et morales de l'exil sous un climat meurtrier ; puis la grâce, plus humiliante que la condamnation. Enfin, les combats nouveaux et l'enivrement du triomphe.

L'auditoire, la gorge serrée par l'émotion, et buvant avec avidité ces éloquentes paroles, revoyait, dans l'histoire de Genty Lacour celle de tant de milliers d'obscurs soldats du droit ; plus d'un revoyait la sienne. Plus d'un pensait à un père, à un frère, morts trop tôt, et qui n'eurent pas, comme Lacour, la consolation de la victoire.

Et chacun, se rappelant ces choses, s'affermissait dans le culte de la vigilance et dans le dogme de l'union.

Genty Lacour laisse une fille de vingt ans, très-habile fleuriste, l'une des meilleures

élèves de l'école professionnelle de la rue
.d'Assas, et un fils de dix-huit, mécanicien
sur le chemin de fer du Nord.

— La 7e légion de la garde nationale mobile a élu pour son colonel le citoyen H. Fouquier.

— La 2e légion a élu, pour la place vacante d'adjudant major, le citoyen Bersaux.

— La 9e légion a élu, pour deux emplois de lieutenants, les citoyens Riquet et Lemaire.

BANQUE DU PEUPLE

Voici la situation de la *Banque du Peuple* au jour d'hier. Nous la dédions à MM. les ventrus du monopole capitaliste :

ACTIF

Argent monnayé..................	56.049.879
Arriéré à recouvrer..........	42.722.973
Portefeuille.................	676.834.527
Avances......................	11.641.177
Rentes fonds disponibles....	12.900.600
Immeubles et mobiliers.....	2.000.000
Dépenses d'administration...	542.904
Total.........	802.691.060

PASSIF

Capital......................	60.000.000
Réserve....................	12.000.000
Billets au porteur en circul.	647.863.806
Comptes courants...........	77.440.925
Escomptes	5.386.329
Total........	801.692.060

FAITS DIVERS

Hier, pendant toute la soirée, des chœurs d'ouvriers ont parcouru les rues de Paris en chantant des airs patriotiques. Les *Orphéonistes* et les *Enfants de Paris* se faisaient remarquer par la justesse et l'effet puissant de leurs ensembles.

Partout sur leur passage d'autres chœurs s'improvisaient, non point toujours aussi irréprochables au point de vue de l'harmonie, mais également émouvants par l'élan et la sincérité de l'enthousiasme.

Pour les représentations gratuites qui ont lieu tous les dimanches dans les théâtres subventionnés, comment se fait-il qu'on n'ait pas encore renoncé au système de la queue ? Il serait si simple d'éviter au public cette attente infinie et cette perte de temps.

Il suffirait que tous les citoyens curieux d'assister à ces représentations se fissent inscrire à leurs mairies respectives, puis, qu'après la clôture de la liste d'inscription, tous les dimanches matin, on tirât au sort, en présence des citoyens inscrits, la distribution des places.

La démolition de la lugubre Chapelle ex-

piatoire qui attriste un des beaux quartiers
de Paris sera commencée demain, en exécution de l'arrêté du conseil central de la
commune.

***

Quant au concours ouvert pour l'érection
d'un monument consacré à la mémoire de
la Convention nationale, et fait du bronze
des quatre statues ci-devant placées au
Pont-Neuf, à la place des Victoires, à la
place Vendôme et au rond-point de Courbe-
voie, — on en connaîtra le résultat sous
peu de jours.

On sait que le nouveau monument doit
remplacer, sur la place de la Révolution,
l'obélisque piteux qui y faisait une si étrange figure.

**

A l'église matérialiste de la Madeleine, c'est le citoyen de Ponnat qui doit prononcer le sermon de demain.

Il traitera de « l'identité d'origine de la Bible et du Coran. »

**

Les théophilanthropes se réunissent tous les mardis, à neuf heures du soir, dans la salle Germain-l'Auxerrois.

**

Le citoyen Regnard poursuit, de son côté,

dans l'amphithéâtre de l'Ecole de médecine,
ses conférences du lundi soir sur « l'im-
mortalité de la matière. »

Le citoyen Caro, déiste, fera après demain
dans la salle Dussoubs, à la Sorbonne-an-
nexe, une leçon sur « la profession de foi
du vicaire Savoyard. »

Le citoyen Gratry, chrétien catholique,
traitera, mercredi à trois heures, dans la
salle Thomas-d'Aquin, louée par ses coréli-
gionnaires, de « l'influence du christianisme
sur la civilisation. »

Le citoyen Louis Asseline expliquera le
même jour, à huit heures du soir, salle Di-
derot, au Palais National de l'Institut, « l'an-
tagonisme de l'idée de grâce et de l'idée de
justice : la première, base du christianisme ;
la seconde, principe de la Révolution. »

Au collége de France, le cours du citoyen Michelet s'ouvrira demain, à onze
heures.

L'illustre et vénérable professeur traitera
dans ce semestre des « préliminaires du
10 août. »

Les travaux d'éclairage *à giorno* de tous les jardins nationaux de Paris vont être terminés. On pourra enfin supprimer les grilles qui en défendent l'entrée à leur légitime propriétaire, le Peuple, et les consignes despotiques qui l'interdisaient aux promeneurs, le soir et dans la nuit, c'est-à-dire aux heures où le séjour en est véritablement agréable.

*On annonce la publication prochaine des *Mémoires de Marguerite B.*....*

On assure qu'ils sont rédigés avec plus de franchise que d'élégance, et qu'ils jettent un grand jour sur des points restés obscurs de la politique des dernières années.

L'ancien juge D....., qui fait maintenant des chansonnettes grivoises pour les cafés-concerts, obtient un médiocre succès avec sa pochade : *Pince-moi sans rire!* Le public est bien décidément fatigué de cette littérature césarienne.

Le bal Bullier vient de changer de propriétaire. Un sieur G....., bien connu des anciens habitués sous le petit nom de *Zéphyr*, à cause de la légèreté et de la hardiesse de ses *cavalier-seul*, serait le nouvel entrepreneur.

**

***

L'aigle qui joua son rôle dans la comédie de Boulogne en 1846, et que le docteur Conneau avait longtemps conservé sur une console de son salon, après l'avoir soigneusement empaillé lui-même, est revenu hier, pour la troisième fois, aux enchères publiques de l'hôtel Drouot. Il a été adjugé à un collectionneur anglais, le même qui a déjà acheté la fameuse redingote grise et le chapeau crasseux de Sainte-Hélène, lorsque le ci-devant « Musée des souverains » a été mis en vente.

Ce collectionneur enragé de la défroque bonapartiste a eu le tout pour 11 francs 50 centimes, frais de vente compris.

C'est un peu cher.

Mais ces Anglais ne reculent devant rien pour assouvir leurs passions.

THÉATRES

Ce soir :

A l'Opéra : *Guillaume Tell.*

Au Théâtre-Lyrique : *La Muette dë Portici.*

Au Théâtre-Français : *Ruy-Blas.*

A l'Odéon : *Tibère.*

Au Vaudeville : *Ces Messieurs du Ministère,
le Clysopompe national.*

Aux Variétés : *De profundis ! la Censure
est morte ! Budaille, pontife et martyr.*

Aux Bouffes : *Un faux-col pour M. Garnier-Pagès ; le Ballet des Représentants.*

A l'Ambigu : *Le Crime de l'Elysée.*

Au Châtelet : *Le Peuple vengeur*, féerie, pantomime à grand spectacle.

A la Gaîté : *Virginie* ou *la Fille du conspirateur.*

Au théâtre Beaumarchais : *Sandon ou le nouveau Latude.*

A l'Alcazar : *la Marseillaise*, chantée par Thérésa.

ANNONCES

LE CITOYEN

LOUIS DE BAVIÈRE

ÉLÈVE DE R. WAGNER

DONNERAIT VOLONTIERS DES LEÇONS DE PIANO

—

BONNES RÉFÉRENCES

—

N. B. — Il joue aussi de l'harmoniflûte.

—

PRIX MODÉRÉS

4.

LA NOUVELLE DÉCOUVERTE

DU

CITOYEN PINARD

POUR

L'EMBAUMEMENT DES DENTS MALADES

Préoccupe vivement l'attention publique

S'adresser rue Taitbout, 27

AVIS IMPORTANT. — Ne pas confondre avec l'intrigant d'à côté.

LECTEUR !

Voulez-vous d'excellent charbon de Paris, de l'eau de Seine clarifiée par un procédé nouveau, des boules de résine, bois de chauffage et autres combustibles?

ADRESSEZ-VOUS à l'enseigne de

LA CALOTTE DE VELOURS

Au coin de la rue de Tournon

LE CITOYEN ROUHER

Se charge aussi des **COMMISSIONS** en tout genre, même des **MIXTES**.

CÉLÉRITÉ — DISCRÉTION

A VENDRE

SCEPTRE, — UN TRONE, — UN MANTEAU DE VELOUR

UN RABAT DE DENTELLES

Un Chapeau à plumes

UNE CONSTITUTION ENCADRÉE A NEUF

ET AUTRES

ACCESSOIRES DE COMÉDIE

EN BLOC OU EN DÉTAIL

———

*On préfèrerait traiter en bloc avec un directeur
de théâtre.*

Comme finissait cette lecture imaginaire, je me réveillai.

Mon journal gisait auprès de moi; je m'empressai de le relever pour poursuivre mon rêve.

J'y vis ceci :

Sénatus-consulte.

Art. 1er. Les ministres sont responsables.

Art. 2. Ils ne dépendent que de l'Empereur.

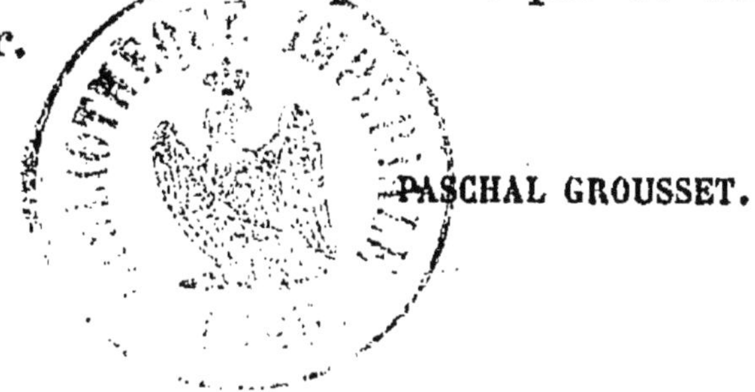

PASCHAL GROUSSET.

Paris. — Impr. Dubuisson et Cᵉ, rue Coq-Héron, 5.